Les aventures de

SUPER Linette

SUPER LINETTE À HOLLYWOOD

Lucienne porte un prénom que personne ne porte. Personne à part une arrière-grand-mère qu'elle n'a même pas connue. Chez Lucienne tout est rond : sa tête, ses yeux, son ventre et même ses mains. Ça n'est pas bien vu d'être si rond, les gens préfèrent ceux qui ressemblent à des haricots verts. Alors ils se moquent. Le pire, c'est le jour du sport, et cette fichue épreuve de saut en hauteur.

Ce matin-là, dans son petit short bien rempli, les joues rondes et rouges d'avoir couru trois tours, Lucienne fixe la barre qu'elle doit franchir et il lui semble que c'est une lame qui va instantanément la couper en morceaux, comme le robot qu'utilise sa mère pour faire les carottes râpées. Morte de peur, au moment de s'élancer, elle fait marche arrière et s'enfuit comme une voleuse. Lucienne se réfugie dans la salle informatique et saisit une des tablettes. Elle se rend sur superlinette.fr et clique sur le gros cœur rouge de la page d'accueil.

SUPER
Linette

Super Linette s'apprête à sortir Pirate quand l'alarme retentit bruyamment. La grosse ampoule rouge balaie ses puissants rayons dans la cuisine.

— Pirate, j'ai l'impression que Maman a une urgence !

Elle attrape son portable magique, une adresse s'affiche.

— *Hop, hop, hop Pirate, on bouge !* Pirate sous le bras, la voici immédiatement téléportée dans l'école de Lucienne.

— Regarde, mon Pirate, la belle piraterie qui nous attend ! Dans une école...

Une piraterie, en langage de Super Linette, c'est une mission. Mais ça n'enchante pas du tout Pirate qui ronchonne. Il trouve sa maîtresse bien trop fatigante.

Lucienne n'en revient pas de voir Super Linette assise à côté d'elle.

— Alors, ma jolie Lucienne, que t'arrive-t-il?

— Pffff, j'suis pas jolie, je suis toute ronde de partout. On se moque de moi...

— Tu t'en fiches des autres! L'important, c'est toi, réplique Super Linette. Faisons un jeu: dis-moi de quoi tu rêves...

— D'Amérique!

— Les cow-boys? Les Indiens?

— Mais non... Les stars! lance Lucienne, des étoiles scintillantes plein les yeux.

— Ah les stars... Ma poulette, tu es bien tombée... J'en connais plein! Et pourquoi tu les aimes?

— Je voudrais être une star, qu'on m'aime. Et puis faire du cinéma, jouer la vie pour de faux mais en mieux, avec des couleurs et des paillettes. Tu comprends?

— Oh oui, je comprends, ma cocotte jolie.

— Tu me donnes des drôles de noms!?

— Ils ne sont pas drôles, ils sont tendres et doux, lui murmure à l'oreille Super Linette.

Super Linette chausse ses lunettes magiques, celles qui montrent ce que personne ne voit à l'œil nu. Elles s'allument. En rose. Super Linette observe Lucienne de la tête aux pieds, comme un docteur, et découvre sous sa peau un cœur gros, très sensible, qui bat vite et fort.

— Ma biquette, c'est bon, j'ai trouvé! Il faut qu'on aille à Hollywood, c'est là-bas qu'on fabrique les stars… déclare Linette à mi-voix, comme si elle lui dévoilait un secret.

— On les fabrique dans une usine?

— Dans des studios, ma colombe. Des studios de cinéma! On va y aller à vol d'oiseau…

Lucienne ouvre de grands yeux, encore plus ronds que d'habitude.
De son sac à main, Super Linette sort des petites ailes multicolores qui se déplient à l'infini. Elle les enfile, empoigne Lucienne sous un bras et Pirate sous l'autre. Elle prend son élan et hop ! Voilà que la terre s'éloigne, les maisons rapetissent, les arbres et les gens disparaissent. Lucienne flotte parmi les nuages blancs tandis que Pirate, le copilote, semble avoir quelques soucis avec le GPS. Super Linette rit aux éclats. Elle crie qu'elle aime le ciel, la liberté et les voyages, elle répète que la vie est belle quand on s'aime. Alors Lucienne rit à son tour, elle aussi aime le ciel et la liberté.

Soudain, Super Linette fronce les sourcils. Ce qu'elle voit en contrebas la contrarie…
— Pirate, tu t'es trompé de route ! Tu trouves normal que l'on survole les pyramides d'Égypte pour aller à Hollywood ?
— Ben quoi, c'est beau les pyramides ! réplique Pirate.
— Il parle, Pirate ? interroge Lucienne, ahurie.
— Ben oui, je cause, soupire le King Charles.
— Tu as vraiment de la chance que je t'aime, toi.
Allez, hop, demi-tour ! lance Super Linette.

Cap à l'ouest et enfin, le joyeux trio survole l'océan, ses vagues hautes comme des immeubles. Par les hublots des avions, les gens leur font des coucous. Linette, Lucienne et Pirate voient le jour se transformer en nuit et New York briller de mille feux, avec ses buildings qui chatouillent le ventre du ciel. Encore quelques coups d'ailes et Hollywood s'écrit en lettres de feu.

— Les tours, les avenues, les limousines… Je n'ai jamais rien vu d'aussi grand, s'émerveille Lucienne, serrée contre Super Linette.
— Tout est plus grand en Amérique, ma souris, répond Linette. Et les rêves aussi. Tiens, dis-moi qui est la plus grande star du monde?
— Jennifer Lawrence! s'empresse de citer Lucienne avec un air expert.

Super Linette bricole ses appareils auditifs avant d'annoncer fièrement un atterrissage imminent.
— C'est bon, j'entends la voix de Jennifer, on va la rejoindre tout de suite!
— Non? ponctue Lucienne, scotchée.
— Si, ma grenouille. Pourquoi crois-tu que nous avons traversé la planète?

HOLLYWOOD

Des rampes de projecteurs éclairent un immense studio où le monde entier semble avoir été reconstitué. Ici un jardin enneigé, là un bloc opératoire, de ce côté un salon de château français...

Elle n'a pas assez d'yeux pour contempler ces décors. Elle observe les techniciens, les acteurs qui répètent leurs textes, les maquilleuses aux petits soins avec les actrices. «Silence... on tourne!» crie un homme qui donne le clap. Et soudain, la star est là, Jennifer Lawrence! Lucienne la trouve belle comme les dames peintes sur les tableaux anciens de sa grand-mère, au-dessus de la cheminée. Une gamine lui donne la réplique. *Une fille tellement jolie*, pense Lucienne.

— Oh, Linette! Mais qu'est-ce que tu fais là? lance Jennifer tandis qu'elle s'avance vers elle et l'embrasse comme du bon pain.
— On se promène! réplique Linette. Dis-moi, tu l'as trouvée où ta gamine? Elle m'a l'air comédienne comme moi je suis boxeuse.
— Ne m'en parle pas! Elle n'est pas douée et en plus, elle déteste ça. La pauvre me fait de la peine...
— T'inquiète, chérie, j'ai une idée!

Lucienne observe Super Linette qui parle à l'oreille de la star. Des grands gestes, des éclats de rire et Lucienne se retrouve convoquée au milieu du plateau. En quelques minutes, elle a déjà mémorisé les répliques.

Silence... ça tourne.

Lucienne n'a jamais rien fait d'aussi facile, rien de plus merveilleux. Elle se sent à sa place pour la première fois.

Lucienne livre une émotion pure, chaque membre de l'équipe frissonne. Soudain s'élève un tonnerre d'applaudissements. Le réalisateur est emballé. On tourne une nouvelle scène, comique cette fois. Lucienne gesticule, fait la moue, prend une petite voix qu'on ne lui connaissait pas et tout le monde hurle de rire.
— On tient notre génie! crie le réalisateur.

Lucienne est aux anges et la jolie gamine qu'elle remplace aussi.
— Tu es trop forte. Merci, merci! Tu m'as sauvé la vie, lui glisse-t-elle à l'oreille.

Lucienne est prise dans un tourbillon de bonheur: chaque matin, direction le studio où Super Linette met l'ambiance, toujours une blague, un petit mot gentil ou un encouragement tandis que Pirate traîne la patte et marmonne «Quand est-ce qu'on rentre?».

STAGE
4
Linette
Lucienne
Pirate

C'est le grand soir, le film est présenté en avant-première. Pour le tapis rouge, on a prêté à Lucienne une robe qui brille. De son petit sac à main, Super Linette a miraculeusement sorti une robe longue à paillettes et une fourrure toute blanche : Lucienne trouve qu'elle ressemble à son nounours. Même Pirate s'est fait beau : smoking canin et canon !

— Tu crois qu'ils vont m'aimer ? demande Lucienne à Super Linette.

— Ils vont t'adorer, mon canari rose.

Le générique s'achève, le silence est total et soudain, une explosion d'applaudissements retentit. Lucienne ! Lucienne ! Lucienne ! Les spectateurs crient son nom, le sien, celui de son arrière-grand-mère. Plus ils crient et plus elle pleure. La main de Super Linette enserre la sienne. Pour la première fois, elle n'a plus peur, elle n'a plus mal.

Le lendemain, le visage de Lucienne est partout. À la télévision, à la Une des journaux. « Lucienne from France, la révélation de l'année », s'émerveillent les commentateurs.

— Maintenant, il faut rentrer, mon petit poussin. Tes parents, tes amis, tout le monde t'attend, annonce Super Linette.

— Oui, tu as raison, ma gentille Linette. On prend l'avion ?

— Tu n'as pas aimé mes ailes ?

— Je les adore… mais ça doit être bien aussi l'avion.

Dans le hall de l'aéroport, la foule est au rendez-vous. Tout le monde est venu accueillir Lucienne. Ce sont des cris, des larmes, des fleurs, des rires, des hourras. Lucienne ne sait plus où donner de la tête, la main de Super Linette lui échappe un instant. Reste dans sa paume un petit papier plié en quatre :
« Tu vois, ma petite caille... La différence, ce n'est pas du bonheur en moins mais bien un trésor en plus. Ton cadeau de la vie ! »

Lucienne sait bien que Super Linette ne fait que passer. Pourtant, elle la cherche encore. Dans la foule, dans un coin de ciel bleu, sur l'aile d'un avion en partance.

Mais Super Linette est déjà loin, chez elle, à la Jonchère, au-dessus de la grande ville. Sous le cèdre bleu, elle caresse Pirate.
— C'était une bien belle piraterie, mon Pirate !
Lui soupire, espérant que l'ampoule rouge de la cuisine ne s'allumera pas de sitôt.

Pour entendre, toi aussi,
Super Linette, scanne ce QR code :

https://l.ead.me/bbuPY9

Les Livres du Dragon d'Or, un département d'Édi8,
92, avenue de France 75013 Paris — Maquette : Karine Dubuc
Loi n° 49-956 du 16 juillet 1949 sur les publications destinées
à la jeunesse, modifiée par la loi n° 2011-525 du 17 mai 2011.
ISBN : 978-2-8212-1316-6 - Dépôt légal : avril 2021 — Imprimé en France.
Achevé d'imprimer en mars 2021 par Pollina - 97077